NOVELETAS
SIGBJØRN OBSTFELDER

Coleção
Norte-Sul

ABOIO

NOVELETAS
SIGBJØRN OBSTFELDER

Tradução
Guilherme da Silva Braga

ABOIO

EDIÇÃO
Camilo Gomide
Leopoldo Cavalcante

ASSISTÊNCIA EDITORIAL
Luísa Machado

PREPARAÇÃO
Camilo Gomide

REVISÃO
Marcela Roldão

CAPA
Luísa Machado

PROJETO GRÁFICO
Leopoldo Cavalcante

ABOIO

Noveletas

Liv   9
A Planície   29

Extra

Edvard Munch: um estudo   51

LIV

Em uma cidade grande existem cantos escuros, ruelas com nomes estranhos, nomes que despertam sentimentos relacionados ao crepúsculo de uma vida, na qual ocorre muita coisa que nem mesmo os livros conhecem.

Estou morando em uma dessas ruas. O lugar é muito silencioso. Às vezes passa uma carroça de leite, ou um carrinho de carvão, ou então um afiador vai de casa em casa. Mas depois o silêncio volta redobrado.

Não vejo pessoas ricas nem "elegantes", nenhuma daquelas que aparecem nos jornais ou em anuários do governo. Mesmo assim, as pessoas que encontro têm os olhos repletos de nobreza. Quem sabe? Talvez tenham no alto da grande e escura casa de alvenaria um segredo: um recanto bem iluminado, um canário, um gato entre as flores da janela, um jogo de chá herdado de porcelana antiga.

Quando eu vou para casa à noite e, vindo dos bulevares, entro no meu bairro, meus pensamentos entregam-se a um mundo novo e próprio. Lá não existe nada que os abafe.

Perto da minha habitação existe um café que costumo visitar ao escurecer. Em geral o lugar está vazio. Gosto muito de ficar sentado lá. Posso ficar lá sentado por muito, muito tempo.

Nem sei ao certo por que gosto tanto. Acho que na maioria das vezes nem chego a pensar, tenho apenas um sentimento de paz, de que naquele instante tudo está em silêncio, de que as perguntas grandes e difíceis e as dúvidas terríveis e tudo o que há de patético não se encontra por lá, de que respiro tranquilo e as pessoas andam ao meu redor e cuidam de seus afazeres e vivem em silêncio, sem reclamações e sem nenhuma exigência de que justamente *eu* também participe.

Também acontece de surgirem imagens e memórias, coisas muito antigas, como o farfalhar da floresta, o murmúrio do mar, a minha infância ao sol. Não faz mal. Essas coisas não me dilaceram mais. Não, todas são como as visões de uma lanterna mágica, que simplesmente passam por mim lá no porão enquanto bebo vagarosamente o meu café.

Sem dúvida é um sentimento parecido com o de alguém que esteja sentado na igreja de um vilarejo rural em um dia de verão: as portas encontram-se abertas. O cheiro de feno está no ar. E por todo o piso em direção ao altar movimentam-se coloridas listras de sol. Para quem as vê, todo o resto se transforma em sonho.

Sim, todo o resto se transforma em sonho.

***

A bem dizer eu conheço algumas pessoas nessa cidade, mas raramente faço visitas. E quando faço sinto um medo terrível. É como se eu temesse que fossem roubar uma parte de mim. Passo um longo tempo junto da janela, vejo as cabeças delinearem-se nas cortinas e não sei se tenho coragem de subir em direção à luz.

Seria apenas uma impressão quando penso que me olham de um jeito estranho? Ou existe na minha forma de caminhar, no meu olhar, alguma coisa – alguma coisa da minha ruela, do meu porão? Sinto uma necessidade de caminhar em silêncio e falar devagar. Para mim é doloroso quando alguém grita ou gargalha.

Tampouco consigo participar de conversas. Porém apraz-me ficar sentado, escutando. Não de maneira a compreender como as ideias se articulam. Já não entendo mais sobre aquilo que se fala. Não consigo conceber que tudo aquilo seja interessante. Parece-me que no fundo tem muito pouco a ver com aquilo pelo que vivemos e morremos.

Para mim tudo não passa de um concerto de vozes humanas. Vejo como os cérebros trabalham para encontrar a palavra certa, escuto as vozes se erguerem e se abaixarem. Por vezes as pessoas ficam bravas. Nessas horas eu com frequência quase desato a rir.

Fico sentado e escuto, vejo os rostos se enrubescerem, as mãos erguerem os copos, ouço-as praguejar, rir, bater na mesa.

No fim acabo um tanto melancólico.

***

Não sei o que está acontecendo comigo. À noite me sento e escuto os mais variados sons que não estão lá. No entanto, eu devo ter ouvido aqueles passos antes. Já moro aqui há um mês, e até onde sei ninguém mais se mudou para cá. Mesmo assim, percebi-os apenas nos últimos tempos.

Nos cantos da casa – nos últimos tempos eu nunca deixo de perceber – em frente às janelas, na porta da rua e nos degraus. Como são leves! Ela deve ser jovem.

Anseio por ouvi-los de novo hoje à noite. E o farfalhar do vestido.

***

Me irrita, mas não consigo evitar. Quando conheço uma ou outra moça, pergunto sempre a mim mesmo: será ela? E acredito saber com certeza que não é nenhuma daquelas que conheci até hoje. Não é estranho?

Eu poderia sair e encontrá-la como que por acaso no corredor. Mas é como se alguma coisa me impedisse.

Quando a ouço nos degraus, não consigo evitar que o meu coração passe a bater mais forte. Me irrita.

***

Recebi uma carta de Albert. A carta me fez pensar nos dias de verão. Sim, *naqueles* dias!
– Quando a água verde se evolava rumo aos seios da montanha, tão clara que podíamos ver as florestas no fundo – em meio às ilhotas – o braço nu de Magda, segurando a corda – ainda vejo a sombra cinzenta projetada sobre o espelho d'água.

Alfred disse que ela falou a meu respeito.

A meu respeito –

Tudo se tornou distante. As faces vermelhas e alegres, os olhos risonhos com o desejo vibrante de pular no centro da vida, como quer que fosse, a despeito de que pudesse trazer alegria ou tristeza – as noites claras passadas em casa – tudo se tornou muito estranho para mim. Como uma lembrança agradável da infância.

Magda. Magda. – Não, não quero voltar a esse assunto. Não vou retornar durante muitos anos.

A tranquilidade profunda que tenho aqui é apesar de tudo mais nobre e me traz mais. Nessa tranquilidade existem olhos límpidos e vidrados – que sofreram e sabem. Eles me observam à noite, e sinto que pertenço a eles.

Não, Magda, *você* precisa sorrir ao sol e ao ar livre – eu – eu estou na escola.

– Quando ela gritou lá no alto, em direção a Rindalsnuten, como tinha a voz saudável! A natureza cantava junto quando *ela* cantava.

***

Tarde da noite – por vezes à uma da madrugada – ouço pés descalços caminhando no piso acima de mim. Ela pula na cama. Depois apaga a luz ou a lâmpada, imagino eu, e se deita para dormir. Então eu também me deito. Quando ela se deita, me sinto infinitamente sozinho e não consigo mais trabalhar. Nos levantamos na mesma hora pela manhã. Pode ser que tenhamos os mesmos pensamentos ao mesmo tempo.

Será que ela zombaria de mim se eu subisse até lá e dissesse que também sou uma pessoa solitária, e que mesmo sendo um homem e um estranho eu tenho as mesmas alegrias e as mesmas tristezas e anseios que ela?

Mas quem disse que ela também é sozinha? Ela passa o dia inteiro fora, e é provável que encontre uma ou outra pessoa. E mesmo que *fosse*, quem disse que é pálida? – Que tem um olhar pensativo e mãos delicadas?

– Já são quase onze horas. Ela deve estar fora em alguma festa. *Eu* não estou em festa nenhuma. Por que ela deveria estar?

Então alguém chega e a segue até em casa, um amante, talvez um estudante de boa figura.

– Passos. É ela. Está sozinha. Ah! Que motivo *eu* teria para me alegrar?

Talvez ela tenha passado uma tarde triste, caminhando em meio ao vento a céu aberto, caminhando e chorando e relembrando os velhos tempos.

– Ela vai direto para a cama. Não consigo ouvir direito, mas está ocorrendo alguma coisa fora do habitual. Ela está junto da cama, quanto a isso eu tenho certeza, mas ainda não se deitou.

Coitada! Agora eu percebo.

Ela está de joelhos, com o rosto enterrado nas roupas de cama, perguntando a si mesma: por que eu existo?

***

Hoje estive na casa do pintor manco. Uma construção antiga com degraus tortos e decrépitos. Dois cômodos na água-furtada com teto enviesado. Como ele ficou confuso com a minha chegada! Ficou parado, balbuciando e enrubescendo, balbuciando e enrubescendo.

Uma mãe enrugada passou cantarolando. Ela parecia muito inocente, ria de tudo e beijava cheia de ternura os olhinhos tristes do filho.

Na mesa estão retratos de poetas russos e socialistas alemães. Ao redor, nas paredes, encontram-se pinturas com céus escuros, desertos, oceanos negros à noite, rostos pesarosos e sonhadores.

Sinto-me constrangido quando os olhos angustiados do pintor repousam sobre mim. Afinal, não posso oferecer respostas às suas perguntas e à sua esperança doentia.

Passar os longos dias cinzentos por lá, sentado, olhando pela janela da água-furtada, entregue a imagens obscuras, alheias aos labores da vida cotidiana – !

Sentado, perguntando-se dia após dia: por que vivo?

***

O que pode ser? Os passos dela já não são mais leves e ligeiros. Eu também me sinto intranquilo e não consigo trabalhar.

***

Aqui é tão solitário – nada de passos familiares, nada do farfalhar do vestido! É como se todas as pessoas tivessem ido embora e as casas estivessem vazias. Por vezes tenho a impressão de ouvir lamentos e gritos sufocados. Passei demasiado tempo sentado e sozinho e estou nervoso.

***

Ela *tinha* olhos grandes e pensativos – e rosto pálido – e mãos bonitas e magras.

O nome dela é Liv. Um nome estranho. E também verdadeiramente norueguês. Ainda vejo aqueles olhos quando ela o pronunciou. Foi como se estivesse a olhar para um país situado em um mundo oculto, banhado pelo sol, e o nome fosse a chave para abri-lo.

Por cinco dias ela passou doente no andar de cima de mim, sem ninguém para ajudá-la ou cuidá-la. Ela é uma estranha por aqui, sem pais, e tampouco deve ter amigos. Como as noites devem ter sido tristes e angustiantes!

***

Em casa, acham que estou me transformando em um excêntrico. É o que percebo nas correspondências. Reclamam que me entreguei a devaneios infrutíferos e doentios, e que me afastei da vida alegre e sensata.

Muito bem. Que assim seja. Talvez que eu não sirva para as coisas que as pessoas julgam importantes.

Eu gosto da minha existência retraída. E existe uma pessoa para quem sirvo *bem o suficiente*. Passo os dias sentado ao lado de Liv. Ela gosta de segurar minha mão na sua enquanto permanece deitada, e mantém os olhos fixos em mim quando falo.

Que os outros se divirtam, que entoem canções de louvor à pátria!

***

Sinto-me tomado por sentimentos de pureza e castidade. Os pensamentos de Liv. Envolvem-me como vestes brancas.

***

Será que ela vai morrer? Justo agora, quando as flores lançam botões, quando ela mesma desabrocha, e tudo aquilo que balança um peito de mulher haveria de chegar!

Quando saio à rua, ela tem muitas perguntas: acaso os cisnes foram soltos, acaso as violetas estão em flor, acaso o céu está claro ou escuro, acaso as roupas claras já haviam ressurgido, acaso eu ouvira o canto do estorninho?

E ela deseja ouvir sobre toda a beleza que eu conheço. Na penumbra, sento-me ao lado dela e falo sobre as noites claras do norte, sobre o brilho de prata que paira acima das montanhas, que aguardam o primeiro beijo do sol.

Ela me contou que, no caminho para o trabalho, gostava de olhar para as nuvens, vê-las deslizar e dividir-se e encher-se de variados matizes cambiantes – e também para os montes de folhas, que cresciam a cada novo dia, enquanto as copas tornavam-se menos densas, o bordado dos galhos mais belo e o ar ao redor mais branco. No verão, com frequência ela tomava o caminho do parque a fim de sentir a fragrância dos canteiros de flores e deter-se por um ou dois minutos junto ao lago para admirar os cisnes, que deslizavam pela água com uma beleza cheia de orgulho.

***

Sinto que ela se torna cada vez maior, e que sua alma se ergue em um esplendor de pureza. Muitas vezes parece haver nela algo que me põe deveras triste e me torna lastimosamente pequeno. Sinto um aperto no peito. Parece que tampouco eu posso continuar nesse mundo ruidoso, em meio ao barulho da ferrovia, do parlamento e do teatro. Eu afundo e tomo as mãos dela, humilhado.

Ela me permite tomá-las – e olha para muito longe – através de mim.

***

Liv é islandesa. Ela, essa alva e bela figura, cuja mão desliza como uma sombra por cima das cobertas, em cujos olhos há um brilho de maciez, fala com erres ríspidos e estrangeiros, que soam estranhamente pesados na língua ademais suave.

Lá no extremo norte, onde uma pequena estrela branca e fixa cintila, ela diz que a alma do pai e da mãe a esperam em meio à aurora boreal, que não podemos ver daqui.

***

Ela estava deitada e me olhou com aquele sorriso tão comum nos doentes. Logo toda ela começou a estremecer, as faces aos poucos tornaram-se mais pálidas, na testa, sob os cabelos negros e luzidios, as veias revelaram-se, os braços e a cabeça caíram sem forças para trás e os olhos fecharam-se. Perdida em meio a longos e dolorosos tremores, ela afundou em meus braços. E então veio – o sangue.

Depois ela pareceu mais tranquila. Permaneceu deitada, sem fazer nenhum gesto em minha direção. E então começou a falar, primeiro aos sussurros, arquejando, depois com a voz mais forte. Não pôde mais conter aquilo que até então fora demasiado orgulhosa para mencionar. E daquele peito trêmulo saíram palavras ardentes sobre tudo aquilo de que tinha saudades: amigos e amigas, amor, a alegria de viver, a maneira como o corpo havia esperado por um beijo que caísse como a chuva, a maneira como havia esperado à noite em frente a janelas cheias de luz e música e ansiado por fazer parte daquilo, por dançar e abraçar e amar e ser amada.

Com todo o cuidado, abracei aquele corpo fragilizado pela doença. Tudo estava em silêncio. Não havia nenhuma luz ruidosa.

***

Amo-lhe a alma, aquela alma sofrida, que anseia. Essa alma floresce agora nos olhos dela, e nos tremores da mão, e faz com que suas palavras cintilem.

Amo-lhe os braços macilentos e as faces descarnadas, onde a alma brilha com força cada vez maior à medida que empalidecem.

Talvez seja melhor que ela não tenha conhecido a vida. Talvez seja melhor que morra antes de ver que a alegria dos homens não é salutar, que o júbilo por trás das janelas iluminadas se encontra repleto de vergonha e desespero.

***

Existe mais a nosso respeito naquilo que floresce e respira do que os nossos olhos veem e nossos ouvidos escutam. Assim como há sons que não ouvimos, há luzes e cores que não percebemos. Para uma alma delicada, as cores que para nós são discretas parecem gritantes, os sons que para nós são tênues parecem brutos e descontrolados.

Hoje, quando andei às margens do lago, senti como se o mundo estivesse renovado. Em meio à névoa havia vozes. Não falavam a minha língua, nem a língua dos pássaros ou dos ventos. Também as cores tinham vozes e palavras. Eram grandes e ricas, e também eram muitas: o verde das árvores tinha mil línguas.

E enquanto aquilo canta, e eu ouço, e a canção cresce, soa em *fortissimo* em meio ao gramado, em meio ao lago e às faias, uma palavra que põe todas as fibras do meu corpo a vibrar em harmonia, e que me beija até me deixar sem fôlego: Liv!

E todos esses sentimentos invisíveis, frementes, vivazes e lépidos vêm ao meu encontro em um poderoso e jubilante sentimento de mundo: Liv!

***

Estou de pé no quarto dela à noite, para fazer-lhe companhia.

Não durmo muito. É estranho quando acordo de um cochilo e olho para a pequena janela da água-furtada: o céu parece estar mais próximo. E eu o observo de um jeito diferente. É como se houvesse algo que eu conheço por lá.

Às vezes sou despertado de devaneios obscuros, de estranhos pressentimentos grandiosos por uma voz – que soa infinitamente suave no silêncio da noite: você está dormindo?

Às vezes ouço um sussurro: Pai nosso, que estás no – Nessas horas sinto um impulso de me esconder. Essas palavras ao mesmo tempo me atraem e me repelem, e pesam-me nos ombros.

***

Eu estava acordado na cama. Achei que *ela* dormia. Mas de repente ela falou, de maneira quase inaudível:

– Você acreditaria em Deus, se pudesse?

O que eu haveria de responder? Quem é Deus? Um conceito. Uma fantasia doentia. Uma alucinação das virgens beatas em antigas pinturas.

– Sabe por que eu acredito?

Ouvi quando ela se levantou na cama e tomou fôlego.

– Querido. Eu acredito que Deus existe porque – porque seria amargo demais se não existisse, porque seria amargo demais quando eu, que como você sabe não tive uma vida fácil, e também muitas outras pessoas, que tiveram uma vida ainda pior – quando acreditamos nisso, quando eu agora creio vê-lo, vê-lo se aproximar a cada dia e a cada noite – ah, não, seria amargo demais se tudo não passasse de fantasia e mentira!

Não posso acreditar que a vida seja tão desprovida de sentido. Eu *preciso* conhecer a verdade, e *precisa* haver mais do que aquilo que vemos nessa terra, e alguém precisa saber e conhecer essas coisas. Eu sempre tive a esperança de ver e saber cada vez mais e não ser tão ignorante e tão simplória como agora, porque eu não vi nada e não sei nada – e como eu sempre tive certeza, certeza quanto a isso tudo – descobrir que não passou de fantasia! –

Seria (percebi que ela ergueu as mãos) terrível demais, humilhante demais – que não houvesse nada além dessa vida sofrida.

Senti – não pude ver, porque o cômodo estava às escuras – que ela caiu exausta no travesseiro.

Me levantei e cheguei perto. Ela estava deitada com um olhar que – fez de mim um estranho entre os vivos.

***

– Você acha que a neve derreteu nas montanhas da sua terra?

– Se a neve já derreteu na sua terra, logo vai derreter também na Islândia.

– Liv, você sonha?

– Sonho.

– Com o quê?

– Todas as noites eu sonho que a Islândia se desloca uns poucos centímetros no oceano. E que aos poucos a neve ao norte derrete. Dois mil anos depois os litorais estão quentes como se mergulhassem nos Mares do Sul. Em vez de ranúnculos há montes de campânulas vermelhas e roxas na ponta de hastes que se erguem orgulhosas enquanto o ar vibra com pássaros e insetos que reluzem como ouro e prata. Os montes de pedra e os blocos de gelo desaparecem, e surgem densas florestas lanosas que vestem as propriedades e mantêm o vento e o frio do lado de fora.

"Eu estou lá, e você também. Mas eu já não estou doente e já não cuspo sangue, e não preciso trabalhar para ter comida. Não, eu estou grande e forte, e não me envergonho de receber as suas carícias. E você está sentado ao meu lado, contando tudo o que você viu e pensou, e nenhum trem nos perturba, mas uma cachoeira faz-nos adormecer enquanto a aurora boreal dança."

***

Foi agora à noite, por volta das duas horas. Ouvi quando ela se mexeu. Não consegui falar, porque uma angústia indefinível tomou conta de mim.

Ela se levantou com passos hesitantes. Devagar, pé ante pé, se aproximou da janela. Apoiou os cotovelos no parapeito e então se deteve e olhou para fora.

Depois veio para cá, onde eu estava deitado. Ela deitou-se ao meu lado. Os cabelos roçaram-me o rosto. Mantive os olhos insistentemente fechados.

Ela passou um longo tempo assim. Por fim não pude mais me conter. Sussurrei: Liv! Ela não respondeu. Dei-lhe um abraço e olhei-a nos olhos. Na penumbra, vi que estavam vidrados.

Eu tinha os braços em volta do pescoço dela. O mundo seguiu seu caminho. As pessoas continuaram a dormir.

Estou novamente sozinho, mais sozinho do que antes.

***

Ando de um lado para o outro, como um sonâmbulo. Há pessoas ao meu redor, mas são como sombras de um outro mundo.

Eu devia ir embora. Mas alguma coisa me segura – essas ruas, essas casas, essas lamparinas – simplesmente ando para cima e para baixo em vez de partir. Fixo o olhar nessas coisas todas como se tivessem olhos humanos. Será que alguém caminha atrás de mim?

Gosto das pontes em locais afastados. Vou até lá sem dar por mim, e lá permaneço por horas a fio. Às vezes me ocorre que é um barco o que observo lá embaixo, ou uma árvore que se inclina em direção à água. E de repente percebo a abóbada celeste acima de mim: é a lua que desliza para a frente, ou então um sopro de vento que passa acima da minha cabeça. Uma ou outra pessoa me olha de maneira estranha, no fundo dos olhos: é um transeunte qualquer.

Sinto-me em casa quando estou nos bairros dos trabalhadores. Os rostos abatidos com olhos profundos e ossos protuberantes, que vivem e morrem como os bichos-de-contas que temem a luz, sob as pedras: sinto que *nós* temos um parentesco.

Os bulevares me põem doente. Os seios fartos, as cabeças erguidas, os vestidos que ondulam em cinturas esbeltas e atraentes – tudo aquilo que grita: beije, viva, aproveite – mulheres levadas por homens de mãos afáveis a carros escuros, o som de beijos por trás de reposteiros, o som da intimidade celebrada com vinho ruim, apertos de mão úmidos de amigos bajuladores – ah, quanta repulsa! Um choro silencioso e paralisante aperta-me a garganta, pois a alegria humana é uma meretriz que empesteia o ar com o fedor do perfume barato.

Sim, preciso afastar-me, afastar-me rumo a um lugar distante, onde somente o espírito da terra e do mar ergam-se rumo ao céu.

***

Sim, preciso afastar-me. Preciso que tudo esteja em perfeito silêncio. Preciso afastar-me dos trens, das ruas asfaltadas e do teatro o quanto me for possível. Pois existe uma coisa que preciso compreender.

À noite, junto à imensidão do mar, será que as palavras do enigma não podem descer sussurrando até o meu espírito, a princípio talvez fracas e inseguras, como uma vibração que ainda não se tornou som, porém cada mais fortes à medida que tudo se torne cada vez mais silencioso?

E, quando todos os barulhos ríspidos tiverem se calado, quando as pessoas tiverem se esquecido de mim, e eu mesmo tiver me esquecido, será que há de enfim chegar, para que tudo se torne claro e a minha alma desperte?

A PLANÍCIE

Cada vez mais eu amo a planície. O olhar que vagueia, vagueia por quilômetros e mais quilômetros sem encontrar nada que o obstrua – apenas luz. E há nessa luz e nos sons abafados da planície uma coisa que se mistura às nossas fantasias. Que se encontra no rio enquanto corre em meio aos prados verdes como uma vibração humana, e também no canto do sino, trazido por longas ondas de ar que correm livres, e morrem apenas muito além.

E no entanto não é a nós mesmos que reencontramos. Quando se mora com o rio e com os sopés do vale, é frequente encontrar lembranças a cada galho e a cada pedra, e essas podem ser luminosas e belas, mas também podem ser pesadas e plangentes. Aqui é diferente. É como se nos amplos limites do olhar surgisse uma nova esperança, e não apenas esperança e sonhos dourados, mas pensamentos férteis: vemos a vida sob uma nova luz, e assim compreendemos muito do que não havíamos compreendido antes.

Não só o dia é bonito. Quando na escuridão de breu a primeira estrela desponta como a primeira anêmona do solo primaveril, está próxima como se pudéssemos alcançá-la se caminhássemos por dias suficientes. Mas quando todas as outras estrelas também surgem, tudo é amplo, tudo é alto como em nenhum outro lugar, e então podemos ver como o céu apoia-se sobre a terra a norte e a sul e a leste e a oeste.

Mesmo assim, nesse período sinto uma atração maior pela escuridão em si. Uma coisa imensa e ilimitada. A escuridão é um mar por onde sempre andamos imaginando que uma coisa ou outra se passa, onde raízes crescem e insetos rastejam e destinos seguem o próprio curso – sempre para fora, e não fechados em si mesmos; não – rumo à manhã seguinte.

Uma árvore solitária na escuridão transforma-se em uma fábula. Ao encontrá-la durante o dia não a descobrimos – não mais do que a todas as outras que se espalham por aqui. Mas agora a árvore ergue-se majestosamente acima da terra. Precisamos esticar a caminhada, precisamos nos aproximar um pouco, deixar que as folhas rocem a nossa testa e as nossas bochechas.

***

Ao andar por esses caminhos onde tudo é infinito e silente, sinto como se eu estivesse adormecido. Sim, pois justo no turbilhão, em meio a todas as outras pessoas – é lá que estamos adormecidos. Há muitas coisas naquele que não está com os outros. Tudo é muito fragmentado, muito pequeno.

Ah, e quando refletimos sobre a nossa vida, como tudo se afigura pequeno! Fazemos buscas e mais buscas, viagens e deslocamentos, sempre na esperança de encontrar a beleza da vida!

A beleza da vida! Pode ser que esteja oculta no interior de nós mesmos, porém sempre viajamos para fora e não para dentro. Talvez fosse melhor se, como as árvores, permanecêssemos fixos na primavera e no outono, para que o sol e a chuva trouxessem novas folhas, e o vento as levasse quando estivessem secas.

***

Seria possível? Seria possível que essa imensidão ainda trouxesse o céu azul da felicidade? Achei que muita coisa em mim devia estar destruída e morta. Mas agora é como se parte de mim quisesse despertar e pôr a cabeça para fora. A cada instante eu grito: ainda estou aqui! Aquilo que eu antes tinha ainda está aqui, estava apenas à espera!

Quimeras! O ar fresco desperta-me o arrebatamento. Eu tenho trinta e quatro anos. Como ainda seria possível?

***

O verão expira. Muitas vezes sinto um sopro largo e quente que põe toda a vida a vibrar. E também a mim. Sonhos que eu dava por vencidos e esquecidos ressurgem no meu peito. Vejo ao longe dois braços jovens, um rubor de sangue que anseia pelo sol. Será uma coisa de outra época? Será uma coisa que está por vir? Não sei dizer. Meu olhar corre de maneira enigmática, ora como se uma velha tristeza oculta estremecesse, ora como se fosse uma nova e rara alegria.

E ocorre-me aquilo que muito tempo atrás imaginei que seria: a mulher. Você a encontra durante uma noite em que a luz saúda a escuridão, em que tudo o que floresce respira com mais ímpeto, em que a montanha ama o fiorde e o fiorde a lua e o orvalho a relva. Você anda com medo da vida e com medo da morte, não pisa com força para não amassar as flores, não canta para não assustar os pássaros adormecidos, anda com um medo terrível, e de repente sente uma mão no ombro, e uma alma que o olha nos olhos, e você não sabe de onde a conhece, mas assim mesmo se enche de uma força incrível, porque agora você sabe, e assim você é tomado por uma sede de batalha, porque agora você pode.

Será que ainda hei de encontrá-la?

***

Encontrei uma mulher. Recordo-me de tudo naquela noite. Recordo que fiquei olhando para uma roseira enquanto ela despedia-se dos outros. Recordo que os pensamentos mais disparatados surgiram na minha cabeça enquanto eu ouvia as vozes e as risadas: havia duas rosas em flor e uma terceira, pálida e murcha, e eu precisava me apressar e ver tudo aquilo e absorver tudo aquilo antes que o matrimônio da terra se acabasse, porque a qualquer momento a minha paz fosse talvez roubada.

E então ela se aproximou e caminhamos juntos até uma aleia de bordos. Os lampiões travavam uma batalha silenciosa contra o rubor agônico do sol poente, que no oeste dava às franjas da terra um último beijo antes que a noite caísse. Acima de nós erguia-se a abóbada azul-celeste do verão tardio, no qual se misturam todas as fragrâncias do verão que passa. Na escuridão verdejante dos jardins os lampiões projetavam halos sobre coisas vivas – um cacho de groselha, ásteres, flores silvestres. Aqui e acolá víamos por trás das lâmpadas o rosto pensativo de uma mãe, as cabeças acacheadas de crianças.

Não dissemos quase nada, eu e ela. E mesmo assim foi como se o tempo inteiro houvesse coisas acontecendo.

De repente tive a impressão de que o corpo dela havia fremido. Eu a encarei. Ela estava pálida como um cadáver.

"Eu não poderia – não sei o que é", ela sussurrou.

Lembro-me de que tudo estava em silêncio quando ela falou. Aquele sussurro soou como um grito.

Tínhamos chegado à porta dela. Ela olhou para mim. A voz era um fio.

"Eu não sei o que é – mas o senhor, é como se – se –"
E logo ela sumiu como um raio.

***

O que foi aquilo? O verão estava ao nosso redor, o rubor do dia ainda não empalidecera, os prados estavam úmidos, tudo cantava – mas *ela* estava pálida como um cadáver, estremecia.

E por lá era ela a mais cheia de vida. A cada hora, a cada minuto da vida ela queria rir, rir, rir, segundo disse. E quando por fim saímos – saímos para onde tudo sorria – de repente tudo desapareceu, morreu, o rubor nas faces, o fogo no olhar, as linhas do rosto.

Quem era ela? Era como se andasse em outro mundo, diferente daquele que nos rodeava. E era como se jamais outro ser vivo pudesse adentrar o mundo por onde ela andava.

Como pude me esquecer da aparência dela? Quando eu penso a respeito – concluo que no fundo nunca a vi. O rosto, os cabelos, os braços, a cintura, eu não vi nada disso, não sei dizer como são. E assim mesmo tenho a impressão de saber.

A voz é a única coisa de que me recordo. Com frequência ainda soa em meus ouvidos. "mas o senhor, é como se... se..."

O que ela queria dizer?

***

Perdi totalmente a sanidade. Escrevi para ela, fazendo um convite. Escrevi uma longa carta.

O que ela há de pensar? Imagino-a à minha frente, lendo: ela abre um sorriso discreto, põe a carta de lado e por fim desata a rir: "Como os homens são fáceis de impressionar". E a seguir corre ao encontro das amigas. Quando chega, a carta é lida mais uma vez, feito creme para chocolate.

Eu devia estar velho demais para essas coisas.

***

Ela não veio. Melhor assim. Tornar a vê-la seria naturalmente uma frustração. Foi o entardecer que me provocou vertigem.

Os últimos dias têm sido repletos de anseio. O verão e o outono sussurram um para o outro durante a manhã e a tarde. Há o sopro do que expira, e a fragrância do que desabrocha mistura-se ao odor de tudo aquilo que se decompõe.

Encontrei um lugar onde o verão demora-se. De longe parece um lugar como outro qualquer, porém visto de perto é um templo. Os pilares são amieiros, e das pequenas janelas na abóbada celeste descem raios esverdeados.

E é exatamente lá, onde um córrego deságua no rio, que está o meu templo. O murmúrio da água ao cair é uma missa silenciosa para tudo o que desaparece, as cores, os cheiros, o tempo, o murmúrio é eterno, e eternamente faz soar aquela música sacra. Mais abaixo as correntes serpenteiam em sinuosidades misteriosas. Se conhecesse as leis mais profundas dos movimentos terrestres, será que eu poderia interpretá-las? Será que eu poderia adivinhar onde as folhas mortas sopradas pelo vento hão de encontrar um túmulo? Meus palpites estão sempre errados. As folhas sempre fazem estranhas curvas em direção à corrente, nos pontos que eu imaginava menos prováveis.

Não sei o que há de errado comigo. De repente ponho-me de pé. A água borbulha, a grama se agita:

"Não sei – não sei o que é."

***

Eu tinha saído para caminhar. Quando cheguei em frente à minha porta, havia lá um par de galochas, galochas pequenas.

E então eu soube: eram as galochas *dela*. Ela está lá dentro. Lá dentro onde o ar é pesado, onde tanto andei pensativo, é lá que ela está, é lá que esteve sozinha antes que eu voltasse.

Por que ela veio? Por que não me deixa em paz?

Eu fiz como imaginei que ela gostaria, abandonei a ideia de conhecê-la. Por que ela apareceu agora?

Ela levantou o véu. Era ela. E aquela era a aparência dela! Lá estava, à minha frente, o rosto dela, com os olhos a me encarar por um segundo, grandes – tive apenas a impressão de uma coisa grande e escura, de uma coisa que muito tempo atrás eu havia visto em sonho – por um segundo, e então ela desviou o rosto. Baixou a cabeça e os cílios, como se o sol ofuscasse-lhe os olhos, como se estivesse triste de ver aquela cena desenrolar-se em pleno dia.

Ela sentou-se. Permaneci atrás dela. Ela tirou uma luva. Olhei para a mão. Olhei para as delicadas veias azuladas no pulso. Olhei para as pequenas unhas, e pude entrever o sangue claro logo atrás.

Minha janela estava aberta. Como em sonho, vi os dois choupos balançarem-se devagar, e por um longo tempo vi no canto do olho uma revoada de gansos-bravos que voavam rumo ao sul. E, como quem ouve uma voz em sonho, ouvi-a falar, com uma voz lenta e plangente.

"Eu não consegui... não consegui... vir."

A seguir ela se levantou. Eu a acompanhei até o lado de fora. Lá estavam as pequenas galochas – tão pequenas, tão pequenas!

***

Caminho pensando nela. Estou nervoso demais. Comecei a ver significado em tudo. Caminho e ponho-me a remoer: ela fez *aquilo*. Virou a mão *daquele jeito*. Olhou para *aquele* quadro. O que significam essas coisas? Por que aconteceram?

Quando estou com ela, o silêncio é redobrado, e quando no silêncio ela fala imagino toda a planície, todas as folhas de relva, todos os córregos – e por toda essa extensão as palavras dela correm, e por fim é-me como se fosse de lá, das profundezas de lá, que as palavras chegam.

De repente ocorre-me um dia muito tempo atrás, muitos anos atrás, um dia que nunca mais há de voltar. Eu a vejo, como vi apenas como agora é, caminhar ao sol planície afora, mais jovem do que agora, com os cabelos soltos e um vestido claro. Uma irrequietude toma conta de mim: onde eu estava naquele instante? Em outro lugar, com outras mulheres. E naquela hora ela sonhava sonhos que jamais sonhei. Por que não conheço os sonhos, por que não conheço tudo o que se passava no seio dela naquela época?

Acho que nunca vou esquecer o instante em que ela esteve aqui. Fez-se um silêncio maravilhoso. Tive a impressão de que tudo dormia nas propriedades ao redor, não havia sequer uma pessoa a andar pelas estradas, as vacas e os cachorros também dormiam, e as pombas nos pombais. No mundo havia somente nós dois. Eu não havia me atrevido a tocar sequer um cacho daqueles cabelos, porque faria barulho demais. Não pude tocar na luva dela que estava em cima da mesa. Simplesmente fiquei a olhar. Havia naquele objeto um pouco daquilo que há nela. Não pude tocar a luva.

Há nela uma coisa que nunca encontrei noutras mulheres. Não sei o que é. Porém muitas vezes, quando vejo os choupos balançaram-se lá fora e sinto no ar o suspiro que prenuncia a chuva, a imagem dela ressurge diante de mim.

***

Por fim o verde explode em incontáveis matizes que se avermelham com a morte. É como se as folhas cantassem ao morrer, e como se cada uma tivesse uma última canção *própria* a entoar. Não existem duas folhas de igual matiz: o bordo e a tília, o choupo e o freixo, todas são diferentes como as famílias. Mas cada folha tem ademais um *tom* próprio: ouro, sangue, nuvem adormecida e sol desperto, púrpura, violeta e lilás, tudo está lá. E lado a lado, de mãos dadas, caminham aquilo que é viçoso e reluzente e aquilo que é velho e amarelecido, como entre os homens caminham lado a lado, de mãos dadas, aquele que é jovem e repleto de esperança e aquele que já está cansado e sente a atração da terra.

Toda noite explodem nuvens de folhas, que ao raiar do dia sorriem e choram. E cada vez mais é como se fosse primavera, a primavera está em todo esse riso e em todo esse choro.

É como se o mundo sofresse uma transformação silenciosa, como se houvesse de surgir o novo que jamais imaginamos capaz de brotar, ou cujos brotos sempre imaginamos mortos pela geada.

***

E no entanto nas duas últimas noites eu tive aquele terrível medo de outrora, o medo da vida. Senti-o com mais força do que nunca. É como se um braço se estendesse desde o espaço e entrasse pela minha janela, para então pousar a mão negra em meu peito: quem é você? Você sabe onde está?

Você olha ao redor no quarto, em busca de um olhar, um olhar humano. Não há nada. Você não tem coragem de olhar para fora. Pois lá fora as estrelas infinitas espreitam sem parar: eu sei aquilo que você não sabe. O que você sabe, verme?

Ela? Eu não a conheço. É como se ela também viesse de um lugar muito, muito distante.

Somente uma vez pude ver os olhos dela. Quando penso nisso não me sinto tranquilo: meus nervos põem-se a tremer. Uma coisa ou outra parece-me incompreensível. Eu procuro e procuro, revisito épocas distantes em minha vida, revisito tudo o que posso revisitar, mas não encontro nada.

– A planície é interminável. Há muita coisa desconhecida que habita por aquela vastidão infinita. O olho não encontra descanso. Corre de um lado para o outro, ao longo da palha e das pedras, mas não chega a lugar nenhum, encontra apenas escuridão insondável e no alto as estrelas ameaçadoras, por trás das quais se encontra o céu azul – o mais assustador de tudo.

**

Vi-a mais uma vez. Foi a primeira ocasião em que a vi com outros homens. Ela estava radiante. Tinha o rubor do sangue de Cristo.

Todos usavam roupas brancas e claras, apenas ela trajava preto. Senti o tempo inteiro onde ela estava no recinto, como se ela se delineasse sobre os outros.

Fiquei pensando que ela, ela tinha estado nos meus aposentos. Havia uma alegria em manter-me escondido e vê-la dançar, sorrir e luzir.

O pescoço dela estava à mostra. Quando ela passou, vi a penugem branca. Um pente de quatro pedras adornava-lhe o cabelo; os cachos ao redor envolviam-no como um arbusto frondoso a uma cerca de ferro. Ela tinha se enfeitado com duas folhas de hera e uma flor verde-clara cujo nome desconheço.

Os cabelos jogavam e balançavam-se, valsavam e embalavam-se, lá estavam todas as flores e todos os prismas – e mais uma vez chegava a seda preta, e mais uma vez chegavam as quatro pedras.

E com a dança balançou-se dentro de mim uma dor que eu não saberia explicar.

Eu vi que ela espalhava uma chuva de sorrisos ao redor. Para mim ela nunca tinha sorrido. Eu vi quando ela apoiou a cabeça delicadamente num ombro. Ela apontou os olhos para mim, olhos diferentes daqueles que eu vira, repletos de uma alegria suave que não dizia respeito a mim. Não havia nada naqueles olhos que dissesse o meu nome.

Saí. Eu não disse nada, não ouvi mais nada lá dentro. Por que eu tinha ido até lá? Aquele não era o meu lugar.

No lado de fora o céu era profundo. Diamantes eternos brilhavam nas alturas.

Eu tinha sido um prisioneiro. Não tinha sido eu mesmo. O quê, o que detivera tanta força sobre mim?

Dentro de mim um nome soava, um rosto se revelava. Como o de uma criança quando sonha, quando um sorriso morre.

Ela tinha sido daquele jeito, alegre, empolgada. A expressão obscura do rosto dizia respeito tão somente a mim.

Eu queria esquecê-lo. Nunca mais queria tornar a vê-lo.

E então passos distantes soaram, leves, intranquilos; por duas vezes pararam, e tive a impressão de sentir que uma cabeça se abaixou e tentou ver por entre as folhas. Os passos seguiram adiante, mais rápidos. Por fim estavam próximos, e ouvi o rumor de seda. E lá estava ela. Ela sentou-se à minha frente. Não disse nada. O que poderia querer? Por que tinha reaparecido e perturbado a minha tranquilidade? Uma fúria ganhou força dentro de mim.

E assim mesmo ouvi-me dizer o nome que eu nunca tinha dito para ela.

– Naomi.

Naomi, por que você veio?

– De repente eu me vi sozinha por lá. Eu estava alegre, rindo e dançando, todos riam. Mas de repente senti uma coisa estranha no peito. Tive a impressão de que tudo girava e rodopiava, rodopiava sem razão nem juízo, e tive a impressão de que todos os rostos estavam contorcidos e de que todas as palavras eram gritos e uivos. A música começou a soar em meus ouvidos: um dia você vai morrer, um dia você vai morrer, um dia você vai morrer.

Tive que parar de dançar. Mas tudo no salão ficou muito estranho. Tive a impressão de que todos eram desconhecidos. Tive a impressão de que não havia uma única pessoa com quem eu pudesse falar.

E então tive uma vontade louca de dançar até morrer, dançar até que tudo em mim se despedaçasse, até que que eu não recordasse mais nada. –

Ela olhou para mim com aqueles grandes olhos escuros, tornados quase pretos, mas nada mudou, tudo era um único olhar. Senti a respiração quente dela, o cheiro do pescoço macio.

Ela parecia uma menina assustada. Começou a tremer e aninhou-se em mim, e os meus lábios roçaram-lhe a boca.

Mas o beijo dela era frio como o beijo da escuridão.

***

Desde então não a vi. Pedi que me encontrasse, porém ela não veio.

As tempestades começaram. Uivam planície afora, açoitando tudo aquilo que outrora floriu.

Por que ela sentou-se ao meu lado sob o céu infinito e tocou-me com os cabelos e o rosto? Por que despertou para a vida tudo aquilo que estava oculto dentro de mim, e que eu imaginava morto? Como posso esquecer agora?

Agora eu sei o que foi que vi nos olhos dela. Certa noite, nos meus vinte anos, vi a mesma coisa em mim.

Passo as noites em claro. Imagino na planície uma casa com olhos iluminados. Uma valsa atravessa a tempestade, sombras passam em frente às janelas. Há uma pessoa viva no meio delas, a penugem branca do pescoço reluz na escuridão, a seda preta flameja, uma coroa de murta cinge-lhe a fronte, mas os olhos estão fechados como os de um cadáver.

Sou atravessado por um sentimento de que preciso, preciso salvá-la da dança da morte, não há mais ninguém que possa ver, que possa saber, não há mais ninguém que possa – eu, sou eu o único capaz de salvá-la. Tudo precisa me ajudar, vou pedir a cada folha, prostrar-me de joelhos perante cada gota d'água, cada grânulo de pó. E lá fora o vento sopra, sopra. Nada pode me ajudar. Tudo sofre por conta própria, é açoitado até a morte, as folhas batem-se apavoradas contra as vidraças, as árvores contorcem-se em febre.

Eu fecho os olhos, apavorado. Está cada vez mais perto. Um hálito gelado sopra no meu rosto, lábios tocam-me a boca, frios, frios como a escuridão absoluta.

Eu não consigo escrever, não sou capaz de passar em frente à casa dela. Vejo-a estendida – os olhos estão fechados, o sangue já não corre por aquelas veias delicadas.

***

A tempestade passou. Mesmo assim uma que outra pérola tremeluzia na ponta dos galhos nus. As nuvens deslizaram para longe rumo aos limites da cúpula celeste, onde agora estão à espera.

Uma escuridão de breu chegou aos poucos. Eu estava no ponto em que os prados terminam, onde se encontra o urzal.

Vi um vulto chegar ao longe. É um sentimento peculiar, esse que temos ao ver uma coisa se aproximar na planície. Ela se transforma. Já não somos um só com a planície.

Atentos, seguimos aquilo que se move. A princípio o que vemos é apenas uma linha preta que se ergue nos limites do campo de visão, depois vemos o vulto caminhar, chegar mais perto – quem pode ser? – e por fim ouvimos os passos. E quando o vulto se aproxima vemos que o conhecemos, e sem que nos demos conta a cabeça faz um aceno. No instante seguinte temos uma surpresa. O vulto sumiu, e talvez nunca mais o vejamos.

– Era Naomi. Ela estava transformada. Estava muito pálida.

Permanecemos nós dois em silêncio. Percebi as ondulações no peito dela. E então ela começou a falar, ofegante, sem olhar para mim.

– Eu não posso mais. Pensei muito... Parece que uma eternidade se passou desde a primavera... Tudo era diferente... Nada mais é como antes... Os dias de outrora nunca, nunca mais hão de voltar... Eu me sentia feliz, gostava de todos, dançava, alegrava-me com os lustres e as pessoas e as *toilettes*... Mas agora já não gosto de nada, de nada... Fecho-me em mim, choro, tranco a porta, tudo é silêncio, fecho as cortinas, olho para dentro de mim, e vejo... que há uma coisa dentro de mim, uma coisa que... não, eu não me atrevo a dizer... Na primeira vez em que o vi eu me fechei em mim mesma... era como se eu não pudesse respirar, e eu chorei e chorei... era como se o céu fosse alto demais... E a vez que você... a vez que você... disse o meu nome... ficou tão alto, tão alto... foi como se eu nunca tivesse notado o quanto eu era pequena... tudo pareceu tão grande... eu não podia mais dormir... a vida era demasiado grande... havia uma coisa que eu não sabia... uma coisa assustadora... eu senti quando veio... e veio.

Eu quis fugir... eu quis fugir... mas por toda a parte... os arbustos punham-se a olhar para mim... Eu não tinha nenhum lugar para onde ir, nenhum lugar no mundo... eu não conhecia ninguém no mundo, e não podia buscar... mais ninguém no mundo.

E então... e então...

Ela me abraçou com força, sem olhar para mim. "A beleza da vida" ardeu em meu rosto.

A lua pairava entre dois choupos. O luar espalhava-se pela terra como o sorriso de uma mulher adormecida.

***

Cinco meses passaram-se. As primeiras anêmonas já apareceram.

Ela é minha. Foi minha durante todo o inverno. Durante muitos, muitos dias. Tardes em que o céu revelava-se azul-profundo para as pessoas minúsculas que dirigiam o olhar rumo ao horizonte, manhãs em que o sol erguia-se vermelho e transformava os flocos da geada em pó de diamante, noites em que a planície embalava-nos o sono como se fosse um oceano. Nunca vamos sair daqui. Em nenhum outro lugar a natureza tem uma respiração tranquila e profunda como aqui.

Tudo se tornou muito simples. Tudo aquilo que eu imaginei jamais ser capaz de alcançar outra vez – a terra, os galhos, os pequenos botões de flor. Essas coisas já não me fazem mais sofrer, já não me parecem estranhas e incompreensíveis.

E no entanto como nunca dantes há um portento em cada gota d'água.

E nela também há um portento. Há nela uma coisa da qual não consigo me aproximar. Há nela um enigma. Por vezes é como se eu visse todas as profundezas do mundo naquelas pupilas.

– Muitas vezes aconteceu, quando me vi sozinho na rua à tarde, de volta à nossa casinha, de eu sentir que não posso entrar de imediato. Ando para frente e para trás, procuro a sombra dela na cortina. Olho para trás no tempo, procuro entender por que tudo é assim, como ela, antes que eu a encontrasse, deixou-se envolver por tudo aquilo que vivi. É estranho pensar que todos os outros estiveram com ela ao longo da vida inteira, e que no entanto fui o primeiro a vê-la. Nenhuma outra pessoa no mundo viu Naomi.

– É tarde demais. A noite já está lá fora. Porém não sinto mais medo. A noite é minha. Por trás dela não há nada que eu tema.

Ela está lá dentro. Quero entrar e vê-la.

– Ela dorme. O rosto nada em ondas de cabelo. O peito sobe e desce no ritmo da própria vida, no ritmo da terra. Quase senti medo, pois foi como se o próprio Deus estivesse lá dentro.

EDVARD MUNCH
UM ESTUDO

Foi quando primeiro vi as pinturas de Munch que comecei a perceber o direito da pintura a existir. Eu vinha de um vilarejo pequeno e nunca tinha visto pinturas a óleo. Pude vê-las pela primeira vez na primeira exposição do outono. Eram paisagens, campos verdejantes, com o verde antiquado de Düsseldorf, ou o verde moderno de Paris; eram árvores e pedras, mares e ondas azuis.

Eu compreendia que eram representações. Mas não compreendia para que serviam. Eu achava que as coisas que eu mesmo tinha visto eram mais bonitas.

E foi em Munch que encontrei as coisas que eu mesmo tinha visto. Cores que tremeluziam cheias de vida, transformavam-se a cada instante, pedras às quais os meus olhos atribuíam as mais estranhas formas, a menina na orla, com um vestido que não era um vestido, mas uma sinfonia em branco, e cabelos que eram listras de ouro tremulante.

Munch é um poeta *das cores*. Aprendeu a ver para que as cores podem ser usadas na arte. Desde então passei também a entender os outros, nos quais os meios são mais diversos e se entrelaçam com maior reflexão.

Acredito que Munch seja o único capaz de declamar um poema apenas em cores, sem o auxílio de mais nada – apenas com linhas simples. Em "No leito de morte" são apenas duas cores: o tom azul do leito de morte e o verde-claro da primavera. Mesmo assim, a imagem fala-nos como uma daquelas canções populares que trazem uma mensagem sobre a morte, acompanhada de um verso sobre a primavera.

Munch é acima de tudo um poeta *lírico* das cores. Ele sente as cores, e sente em cores. Mas não apenas as vê. Vê também a tristeza e os gritos e as elucubrações e o definhar. Não vê amarelo e vermelho e azul e violeta.

Ele canta como um poeta lírico, deixa as cores fluírem conforme suas leis próprias, como ondas e manchas, sem limitá-las. E, como poeta lírico, está sempre próximo da música. Munch tem pinturas que, como as sinfonias, não têm e não precisam de um título. A pintura "O grito" não deveria ter título. Essa palavra do mundo sonoro não faz mais do que a prejudicar.

***

Munch é uma individualidade. Não representa nenhuma direção. A arte dele apresenta a marca da individualidade em grau elevado, um estilo próprio. É esse estilo que desperta tanta polêmica. As pessoas não sentem nenhuma necessidade de aceitá-lo, de permitir que se desenvolva no próprio íntimo.

Ademais, um estilo desses seria ocioso caso tivesse uma expressão fortuita. Mas não é o que acontece. As imagens se encontram repletas de anseio por harmonia entre o mundo e o intelecto, de anseio por belezas novas e indescobertas, sobre as quais o olhar de Munch recai.

Em particular as massas de cor ondulante sempre buscam expressar-se nas obras de Munch. Essa característica deve-se acima de tudo à já mencionada tendência de permitir que as cores sigam o rumo que lhes é próprio. A partir de então se tornam conscientes, e ele passa a enxergar em linhas ondulantes, vê a orla curvar-se ao longo da costa, vê os galhos das árvores em ondas, vê cabelos e braços e pernas feminis em ondas. Como músico, Munch tem certos ritmos, e também certos acordes – tons profundos de azul, aos quais amiúde recorre por refletirem sua têmpera.

Munch reuniu e misturou essas coisas todas no próprio autorretrato, e conferiu a essa pintura da alma bem mais do que os traços do rosto, pois, mais do que uma obra de fidelidade retratista, essa é uma obra de profunda e impressionante beleza. A fusão da técnica com o conteúdo que expressa é genial. As nuances mais delicadas, aquilo que as palavras volúveis se negam a expressar, é dito por essas cores, que falam sobre um intelecto que sofre e reverencia a beleza numa linguagem de sinais que não imaginaríamos capaz de exprimir essas coisas. É impossível deixar de pensar em outros autorretratos, como por exemplos os de Rembrandt, justamente porque também sugerem o interior ao valerem-se dos meios próprios ao artista; sugerem o mesmo em uma língua totalmente distinta – com sombras, enquanto aqui se usam tonalidades e linhas.

Sugerem o mesmo, e no entanto não sugerem o mesmo. Pois as maneiras de viver se alteram, as formas de sentir e observar também, retiradas como são de outras fontes de sofrimento e alegria; surgem novos ambientes – e no fundo talvez seja esse o verdadeiro motivo para que a linguagem se transforme.

***

O impressionismo estava em voga quando Munch começou a pintar. Ele o viveu intensamente – visto que se encontrava próximo de sua própria natureza –, e, por mais que tente fazer de sua arte uma coisa à parte, há de permanecer como um impressionista.

Hans Jæger o influenciou. Munch o pintou. Pois foi Jæger quem conferiu à época o caráter de refração, o caráter inusitado e revolucionário.

Deve ter havido muita coisa para um olhar de pintor naquela época – encontros noturnos – iluminações estranhas em cafés dos mais variados – lábios que articulavam palavras ameaçadoras, sem limites e sem temor, muitas vezes grandiosas e com uma brutalidade norueguesa – sombras imensuráveis de miséria, de impotência e sordidez – almas que se distendem, que almejam a grandeza, a plenitude e a tranquilidade, mas são incapazes de alcançá-las. E em meio a todos esses rostos, como um ponto central, encontra-se Jæger, com uma lógica afiada como uma foice e gélida como um sopro do vento ártico, e que no entanto deve ter desejado com ardor que toda a humanidade pudesse chegar à luz e nela crescer da forma mais rica e completa possível.

Munch é um dos que recebem impressões em primeira mão, da própria vida, um daqueles cuja arte forma-se diretamente a partir dessas impressões da vida. A tendência decorativa passa longe dele, e quando suas obras contêm elementos decorativos, então é como se o mundo ganhasse formas arquitetônicas, como por exemplo nos troncos verticais à beira d'água. Quanto à tendência pré-rafaelita, encontra-se ainda mais longe. É estranho à natureza dele revisitar épocas artísticas que já floresceram a fim de criar beleza.

O imperativo é beber da vida como se apresenta hoje, bem como do temperamento que hoje vê e sente. A vida o inunda. A pintura, junto com as outras artes, há de contar essa história da maneira como se apresenta – com todo o peso, a angústia e a profunda beleza.

Há de pôr novamente a vibrar em nós aquilo que mais nos comove. Todo artista, seja poeta, pintor ou compositor, orgulha-se de participar da humanidade com os semelhantes, de viver a vida dos semelhantes, de encará-la como os semelhantes. A vida tem milhares de facetas, inúmeras regiões, e nem todas podem ser vividas por todos. Mas aquelas que o artista vive são compartilhadas. Se os meios oferecidos pela arte estabelecem limites, o artista tenta eliminá-los.

Porém somente aqueles nascidos com um tipo especial de arte conseguem. Isso porque recebem com mais intensidade do que nós as impressões deixadas pela vida, graças a uma sensibilidade atravessada pela arte. Imagino que Munch, no momento da infância em que viu uma pessoa morta, deva ter percebido em primeiro lugar a cor do lençol. Ao pensar na morte dez anos mais tarde, ele torna a ver a cor daquele lençol, naquele instante.

***

Por toda parte nas pinturas de Munch encontramos pessoas – pessoas que sentem, amam e sofrem, e também pessoas como animais sociais. Houve uma época em que Munch não conseguia furtar-se a incluir uma cabeça, rosto ou similar nos quadros de paisagens. Esse elemento representava a humanidade, que se encontrava nessa ou naquela atmosfera, ou conferia à paisagem essa ou aquela atmosfera.

Na admirável pintura do céu estrelado há um volume que na verdade é uma árvore. Eu nunca consegui me relacionar direito com aquilo, nunca consegui deixar que permeasse minha sensibilidade. Passado um tempo, descobri o motivo em uma gravura. Nela, Munch tinha acrescentado duas cabeças, a de um homem e a de uma mulher; ambos se erguem, grandes e ponderosos e estranhos, e cobrem todo o céu estrelado. Foi somente então que pude compreender o volume. Então passei a gostar da gravura. Lembrei-me das vezes que eu havia caminhado à noite, de árvores e pedras e montes de feno tornados inacreditáveis, matizes que eu mais havia intuído do que visto, uma natureza que eu mais havia sentido do que realmente conhecido.

Porém mesmo que não haja um olhar humano capaz de oferecer explicações, percebemos o impulso do artista no sentido de captar a imagem, enquanto o coração segue batendo por trás, antes que as reflexões despertem e as coisas adquiram os contornos do objetivo e do real.

É esse o aspecto inacabado nas pinturas de Munch. Por vezes, chegam a parecer-se com esboços. No entanto, com frequência expressam a imagem de um sentimento tão irresistível e tão consumado que fixá-lo, enquanto se abstrai tudo aquilo que poderia influenciar outros aspectos de nossa receptividade, deve custar tanto empenho e tanto desvelo quanto ademais seria necessário para "completar" uma pintura.

Munch também escolhe motivos em que o sentimento revela-se com todas as forças: o amor, a morte, a doença.

Para mim, a imagem da Madona é o exemplo máximo de sua arte. É a Madona da terra, a mulher, que pare na dor. Creio que seria preciso recorrer à literatura russa para encontrar uma ideia tão religiosa da mulher, uma exaltação tão intensa da beleza na dor. O que se encontra no âmago da vida não se revela aos nossos olhos, seja em forma, cor ou ideia. O surgimento da vida encontra-se rodeado por uma volúpia e um temor secretos, que nem mesmo dez sentidos humanos poderiam definir, mas ao qual um grande poeta é capaz de erguer uma prece. O anseio de elevar e sublimar o elemento humano, de novamente aumentar aquilo que a lida do cotidiano acaba por diminuir, revelar o enigma original, que nessa pintura atinge o ponto culminante e transforma-se em religiosidade.

O que Munch vê é a mulher que traz no ventre o maior dentre todos os mistérios da terra. E retoma esse mistério por muitas e muitas vezes. Procura retratar em todo o horror o instante em que o sentimento desperta na mulher; pinta a sombra fria e preta com traços fortes na parede a fim de fazer com que a vivenciemos.

Jamais pinta, como os franceses, a mulher por si só, como brancura e formas arredondadas. Essa mulher é a linha contínua que atravessa as pinturas de Munch. Ele pinta o amor com mais desvelo do que a mulher – o beijo que surge da escuridão, o casal apaixonado que se torna sério e angustiado em meio à natureza exuberante.

***

As primeiras pinturas de Munch fazem parte do impressionismo regular. As pinturas dessa época também são mais acabadas do que boa parte das pinturas mais tardias. São mais bonitas. Têm uma clareza, uma fragilidade e uma alma que não se encontram nas pinturas mais tardias.

Em tempos mais recentes, veio o impulso cada vez maior e cada vez mais presente de expressar o eu. A vida explodiu. Explodiu todas as formas. Passou a ser preciso explodir as formas – e no entanto manter a forma. Passou a ser *preciso* não apenas expressar a morte e tudo aquilo que desvanece, mas também aquilo que ocorre antes e por trás da morte: o movimento, o jogo, o sentimento. As imagens ganham mais velocidade, tornam-se mais efervescentes, ganham cores melhores e contrastes intensos.

E a partir de uma massa de tentativas por todos os lados, por vezes fracassadas, embora sempre interessantes, despontam três, quatro ou cinco *obras*.

Mesmo assim, durante todos os anos de empenho, talvez haja aspectos da personalidade de Munch que permanecem dormentes. Munch tem mais do que sentimento: tem também *espírito*. É o que mostram os retratos dele.

Porém Munch não é um *sonhador*, não detém o tipo de fantasia que por si mesma cria novos mundos, novas combinações e aventuras. Ele tem uma fantasia reprodutiva. É receptivo. O dom que tem é o de sofrer excepcionalmente sob a força da vida. Ele não a recria. Se por um lado a fantasia é grande no que diz respeito às cores, por outro é pobre quando se trata de criar novas linhas.

Mas as linhas que *existem* Munch é capaz de ver como ninguém mais. É como se a partir de tudo, de toda a existência, com todas as formas e todo o caos, recolhesse uma linha que sempre buscou, e que então se dispõe a tornar cada vez mais bela. Seria essa a linha do eu profundo? Ou seria a linha que se desenha a partir do encontro entre a alma dele e o plano do mundo?

Quando todos os aspectos de sua personalidade – espírito, sentimento e apreço à beleza – se juntarem, Munch há de passar ao terceiro e último período. Pode levar muito, muito tempo. Pode acontecer mais cedo do que se imagina.

Que ele tenha a paz necessária para se recompor!

Cara leitora, caro leitor

A **ABOIO** é um grupo editorial colaborativo.

Começamos em 2020 publicando literatura de forma digital, gratuita e acessível.

Até o momento, já passaram pelo nossos pastos mais de 400 autoras e autores, dos mais variados estilos e nacionalidades.

Para a gente, o canto é conjunto. É o aboiar que nos une e que serve de urdidura para todo nosso projeto editorial.

São as leitoras e os leitores engajados em ler narrativas ousadas que nos mantêm em atividade.

Nossa comunidade não só faz surgir livros como o que você acabou de ler, como também possibilita nos empenharmos em divulgar histórias únicas.

Portanto, te convidamos a fazer parte do nosso balaio!

Todas as apoiadoras e apoiadores das pré-vendas da **ABOIO**:

——— têm o nome impresso nos agradecimentos de todas as cópias do livro;
——— são convidadas a participarem do planejamento e da escolha das próximas publicações.

Fale com a gente pelo portal **aboio.com.br**, ou pelas redes sociais (**@aboioeditora**), seja para se tornar uma voz ativa na comunidade **ABOIO** ou somente para acompanhar nosso trabalho de perto!

Vem aboiar com a gente. Afinal: **o canto é conjunto.**

Apoiadoras e apoiadores

Não fossem as **119 pessoas** que apoiaram nossa pré-venda e assinaram nosso portal durante os meses de **maio e abril de 2023**, este livro não teria sido o mesmo.

A elas, que acreditam no canto conjunto da **ABOIO**, estendemos os nossos agradecimentos.

Adriane Figueira
André Balbo
André Flores
Andreas Chamorro
Anna Carolina Rizzon
Anthony Almeida
Arthur Lungov
Augusto Bello Zorzi
Brunno Marcos De Conci Ramírez
Caco Ishak
Caio Girão
Caio Narezzi
Calebe Guerra
Camila do Nascimento Leite
Camilo Gomide
Carolina Althoff
Carolina Nogueira
Cecília Garcia
Cintia Brasileiro
Cleber da Silva Luz
Cristina Machado
Daniel Dago
Daniel Giotti
Daniel Guinezi
Daniel Keichi Maruyama Leite
Danilo Brandão
Denise Lucena Cavalcante
Dheyne de Souza
Diana Valéria Lucena Garcia
Editora Ex Machina
Eduardo Nasi
Eduardo Rosal
Eric Muccio
Fábio Baltar
Fabio Di Pietro

Felipe Pessoa Ferro
Fernando Bueno
    da Fonseca Neto
Fernando da
    Silveira Couto
Francisco
    Bernardes Braga
Frederico da Cruz
    Vieira de Souza
Gabriel Farias Lima
Gabriela
    Machado Scafuri
Gael Rodrigues
Giovanna Reis
Giselle Bohn
Giulia Morais de Oliveira
Guilherme da
    Silva Braga
Guilherme Peixoto
Guilherme
    Talerman Pereira
Gustavo Bechtold
Gustavo Gindre
    Monteiro Soares
Henrique De Villa Alves
Henrique Emanuel
Hugo César Rocha
    de Paiva
Jaqueline Matsuoka
João Godoy

João Luis Nogueira Filho
Julia Pantin
Juliana Slatiner
Juliane
    Carolina Livramento
Jung Youn Lee
Laura Redfern Navarro
Leo Souza Tolosa
Lolita Beretta
Lorenzo Cavalcante
Lucas Lazzaretti
Lucas Verzola
Luciana Schuck
Luciano
    Cavalcante Filho
Luciano Dutra
Luis Felipe Abreu
Luísa Machado
Luiz Fernando Cardoso
Manoela
    Machado Scafuri
Marcela Monteiro
Marcela Roldão
Marco Bardelli
Marcos Roberto
    Piaceski da Cruz
Marcos Vinícius Almeida
Maria Conceição
    Domingues da Silva
Maria Inez Frota Porto

Mariana Donner
Marina Lourenço
Marlene B. P. P. da Silva
Marylin Lima
Mateus Torres
   Penedo Naves
Maurício Bulcão
   Fernandes Filho
Mauro Paz
Milena Martins Moura
Nagibe de Melo
   Jorge Neto
Natalia Zuccala
Natan Schäfer
Neila Ribeiro Franco
Osmar Franco de
   Toledo Júnior
Otto Leopoldo Winck
Paulo Scott
Pedro Fernandes
   de Oliveira Neto
Pedro Jansen
Pedro Torreão
Pietro Augusto
   Gubel Portugal
Rafael Theodor Teodoro
Renato Santiago
Ricardo Fernandes
Roberta Lavinas
Ruan Matos

Sergio Mello
Sérgio Porto
Tarciso Nascimento
   Barros Filho
Thassio
   Gonçalves Ferreira
Thiago Henrique Guedes
Thiago Tonoli Boldo
Tiago Bonamigo
Valdir Marte
Vitor Silos
Vitória Aguiar
Weslley Silva Ferreira
William
   Hidenare Arakawa
Yuri Deliberalli
Yuri Phillipe
   Freitas da Cunha
Yvonne Miller

Coleção
Norte-Sul

1 *Noveletas*, Sigbjørn Obstfelder
2 *Mogens*, Jens Peter Jacobsen
3 *Historietas*, Hjalmar Söderberg
4 *Contos de Natal e de Neve*, Zacharias Topelius

Organização & Tradução
Guilherme da Silva Braga

*This translation has been published
with the financial support of NORLA.*

*Essa tradução foi publicada com o
apoio financeiro da NORLA.*

2023 © da edição Aboio. Todos os direitos reservados

© da tradução Guilherme da Silva Braga. Todos os direitos reservados

Grafia atualizada segundo o Acordo Ortográfico da Língua Portuguesa de 1990, que entrou em vigor no Brasil em 2009.

Os personagens e as situações desta obra são reais apenas no universo da ficção: não se referem a pessoas e fatos concretos, e não emitem opinião sobre eles.

Dados Internacionais de Catalogação na Publicação (CIP)
Aline Graziele Benitez — Bibliotecária — CRB-1/3129
___

Obstfelder, Sigbjørn, 1866-1900
    Noveletas / Sigbjørn Obstfelder ; [tradução Guilherme da Silva Braga]. -- 1. ed. -- São Paulo : Aboio, 2023.

    Título original: To Novelletter
    ISBN 978-65-998350-8-7

    1. Novela norueguesa I. Título

23-155025   CDD-839.823
___

Índices para catálogo sistemático:
1. Novelas : Literatura norueguesa
___

Todos os direitos desta edição reservados à:
ABOIO
São Paulo — SP
(11) 91580-3133
www.aboio.com.br
instagram.com/aboioeditora/
facebook.com/aboioeditora/

Esta obra foi composta em Vollkorn e Adobe Text Pro.
O miolo está no papel Polén Natural 80g/m².
A tiragem desta edição foi de 1000 exemplares.

[Primeira edição, junho de 2023]